분홍달이 떠오릅니다

분홍달이 떠오릅니다

초판 1쇄 발행 | 2023년 4월 13일

지은이 | 박영선
펴낸이 | 황규관

펴낸곳 | (주)삶창
출판등록 | 2010년 11월 30일 제2010-000168호
주소 | 04149 서울시 마포구 대흥로 84-6, 302호
전화 | 02-848-3097
팩스 | 02-848-3094

ⓒ박영선, 2023
ISBN 978-89-6655-158-3 03810

분홍달이 떠오릅니다

박
영
선

시
집

삶창

시인의 말

1990년대 『샘터』를 인연으로 시작된 동행이
참 오래 걸렸다는 생각이 든다.
이 시집으로
오래 기다렸던 나의 시(詩)에게
따뜻한 햇빛을 보여주게 된 것은
참 기쁜 일이다.
사는 동안 시는 힘이었다.
앞으로도 그럴 것이다.
천천히 해찰하며
걸어갈 작정이다.

나의 가족, '시락' 동인,
그리고 사랑했던 모든 이들에게
감사를 전한다.

차례

발문   시의 정직과 삶의 정직 · 99
_____   황규관

1
부

10월

정오 무렵의 해는 높이 오르고
햇빛은 지나치게 날카로웠다
아파트 유리창마다 햇살에 찔린 자국들
길다란 화분들이 조금씩 야위어 갔다

마른 풀 위로 사과가 떨어지고
허기진 개미들이 몰려들었다
비명도 없이 쓰러져 가는 날것들
누가 마른 잎 한 장 덮어주랴

소리가 없는 것들은
적막한 혀를 가지고 있을 거야
노래를 불러줄까
쓸쓸한 나의 노래는 늘 낮은음자리
중얼거리는 손가락들이
주머니 속에서 꿈틀거렸다

반성도 후회도 희미해져 가는 이마 위로

날이 저문다

발자국 소리가 없다

거짓말

나에겐 두 개의 심장이 있어요
생각을 할 때마다 심장은 각각 다르게 뛰지요
필요에 따라 급하게 뛰었다가
얼굴을 붉히기도 하고
움츠러들었다가 다시 부풀어지기도 하지만
태연한 듯 표정을 잘도 바꾸지요
두 개의 심장을 가진 하나의 얼굴은 묵묵합니다
입에서 나간 말들은 보이지도 않아서
허공을 헤매다 긴 그림자가 되어
내 뒤를 따라다닙니다
습관이 되어버린 관계처럼
깃털 같은 문자들처럼
길어지는 손가락처럼
필요한 심장을 찾아다닙니다
아무것도 아닌 것이
아무것이 되어버리는 이곳을
나는
너무 잘 알고 있으니까요

기억의 봄

웅크린 작은 몸들이
무덤처럼 엎드려 있다
캄캄한 어둠 속에서
얼마나 사무쳤던가
갈 곳 없는 이름들은
망설임으로 흘러 다녔다

작은 몸 하나에
많은 손들이 나왔다
손들은 해보다 더 반짝거렸다

나에게는 기억의 촉수가 있어요
그것들은 단단한 껍질을 가지고 있지요

누추한 바람이
쉴새없이 불었다
봄이
손톱처럼 자라났다

길 위에서

능소화 늘어진 길을 걷다 보면
마음은 절망 속으로 떨어지네

가끔은 생각도 없이
저문 강 언저리에 늦도록 앉아 있으면
주홍빛 햇살의 쓰러져 가는 어깨를 볼 수도 있겠네

강은 흐르고 나는 물소리에 귀를 적시다
들풀 가득한 오솔길을 맨발로 걷고 싶네

밤이 지나면 다시 올 수 없을 거 같아
지친 발 하나 강물 속에
고요히 숨겨 두겠네

칠월의 바람은
강가의 신발처럼 우울하여서
능소화 줄기 하나 흔들지 못하네

당신의 안부는

오래 서 있었지

찬 발가락들을 모으며 오래 서 있었지

입안에 맴돌던 쉰 휘파람 소리

당신의 안부는

무덤처럼 아득해

색을 잃어가는 나무를 봐

나의 컬러링은 온통 가을뿐이야

생각 없이 걷던 거리들

머리 위로 흘러갔던 구름의 이야기를 전해줄까

함부로 부르던 이름들과

식상한 바람의 노래를 불러줄까

행간 없는 문자들은 이미

지나가버렸어

오래 걸었던 발가락들이

두통을 앓고 있는 저녁

나는

은행나무 보이는 창문을

좀 더 바라보기로 했네

마른 잎 지는 저녁에

소리 없이 떨어지는 잎들은
가을을 모른다
바람이 부는 대로 거리 위를 뒹굴든
쓸려가 마대자루에 담기든
그렇게 떨어지는 일이다
생각도 때론 욕심과도 같아서
더 먼 곳을 바라보지만
결국엔 하나로 흘러가 사라진다

오래 가졌던 믿음들이 퇴색하고
전의를 잃어버린 말들이 떠나버린 저녁
외투는 낡고 찬 별이 뜨지만
오늘 떨어지는 잎들은
더 이상 슬프지 않다

주저앉은 잎들이 입을 다물고
먼 곳에서 소식을 듣는다
쉼 없던

한 시절이 간다

붉은 새

바람길이었을까

얼기설기 엮은 철망 사이로 사라져간

그대의 손, 손

번쩍이는 불빛 몇 점 보았을 뿐인데

흔들리는 노래 잠깐 들었을 뿐인데

바람은 아무 말 없이

너의 등을 밀었지

텅 빈 시멘트 바닥을 울리던

아 아

죽음은 지천으로 널리고

새롭지도 않아서

쉽게 잊혀져 가고

낡은 비상구만 즐비한 이곳에서

붉은 새가 된 사람들을

나는 알고 있다

시(詩)

날카로움은

잊은 지 오래

나의 습관적인 관계들은

잡초처럼 자라나

녹슨 꽃을 피웠다

한때

뜨거운 물의 기억들

수없는 담금질 속에서

내 몸은

이미 치밀해졌지만

쳐낼 수 없는 숲에 갇혀

젖은 바람에

무딘 날만

세우고 있다

안구 건조증

책을 보는데 눈물이 난다
슬픈 책도 아닌데 자꾸 눈물이 난다
안경을 찾아 끼고
희미해지는 글자들 사이를 건너뛰다가 밖으로 나
왔다

바람이 불어도
날이 추워도
핸드폰을 보다 가도 자주 눈물과 마주한다
안구가 건조한데 눈물이 계속 나오는 이유는 뭘까
눈을 너무 혹사시켜서인지
이미 눈동자가 강물이다
잠깐의 스침에도 작은 물줄기를 보낸다
활자들이 아득해지고
살아온 날도 아득해지고
눈 비벼가며 건너가는 세상이 이제는 버겁다
천천히 한곳으로 걸을 일이다

어떤 죽음에 관하여

스스로의 끈을 놓는다는 일
다시 돌아가는 골짜기는 아닐 것이다
나무 이파리처럼 떨어져 나간
너의 몸 위로
햇빛은 여러 차례 색깔을 바꾼다

바람에 흔들리는 깃발 같은 날들이여
찢겨져나간 희망 따윈 잊어버려라
이미 그래왔던 것처럼
너를 위한 아름다움은 사라진 지 오래
캄캄한 얼굴로 보이지 않는
안식을 찾아가는 길

가장 짧았던
겨울 햇빛이 먼지를 털고

예수와 나

예수와 술을 마신다
우울하고 가난하고
되는 일 없어 마신다

예수가 네 잔을 마시고
후회스럽다고 말했다
내가 세 잔을 마시고
소용없다고 말했다

예수가 한 병을 다 먹고
돌아가겠다고 했고
나는 꺼지라고 했다

예수가 취한다
슬픈 얼굴이다
예수와 나는
탁자에 얼굴을 구기며
형편없이 울었다

오늘은 내가
남루한 주머니를 열고
예수의 술값을 내주었다
떠나는
예수를
위해

조문

어디로 가는 것일까
예측할 수 없는 길들이
펼쳐져 있다
쉽게 말했던 죽음들
등줄기로 하염없이 빗물이 떨어진다

젖은 시멘트의 회색은 너무 우울해

오 떨리는 손으로 악수를 청하던
오랜 인사여
우물거리는 나의 입은 슬픔으로 가득차서
웃을 수도 없네

안녕, 젖은 봉투에 당신의 이름을 넣었어
쓰다만 글씨들이 번져 꽃이 될지도 몰라
당신이 떠나는 어디쯤
꽃잎 흩날리겠지
봄날 같은

당신의 얼굴

흩날리겠지

먼지의 시간

그만두어야지
한여름 잡초처럼 자라는 생각 따위
눈 감으면 그리운 것들은
죄가 될 수도 있지
심장에 오래 두고 싶어
너무 멀리는 가지 말라고
겨울부터 가을까지
걷고 또 걸었습니다
입 밖에 내지 못한 말들이
켜켜이 쌓여갑니다
할 수 있는 건 그대를 견디는 일입니다

어느 해 바람 불고 꽃피우는 날
가만히 눈감고 불러볼
쓸쓸한 이름
후회처럼
내게 돌아올 시간들이여
주저했던 발걸음이여

기나긴
먼지의 시간들이여

팔월

견딘다는 말은 아프다

건너간 사랑과

건너온 사랑의 공간처럼

다른 행동의 말처럼

쉽게 포기 못 하는 밤처럼

오랜 습기에도 우린 잘 견뎌왔지

잠시 적막을 꿈꾸었던가

매미처럼 울어도 좋아

끈끈한 먼지만 쌓이는 계절에

목이 꺾인 선풍기는

끝내 바람을 보여주지 못했다

2
부

다림질

셔츠를 펼치자
작은 구김들이 소란스럽다
천천히 뜨거운 기운으로 밀고 나간다
누르고 지나간 자리마다
반듯하게 평등해진다
마치 누군가의 압력에
이렇게 굴복한다는 듯이
일제히 엎드린 소란들
뿌연 물방울의 작은 입자들이
스며들지 못하고 기웃거리다
더운 입김이 되어 공중으로 사라진다
다시 뜨겁게 주름을 잡고
옷걸이에 세워본다
구겨지고 흩어진 허접한 몸 하나
껍데기로 걸린다

젖은 책

미안해요

재계약은 안 되겠어요

나는 곧 이 도서관을 파괴할 거니까요

진한 아이라인과 길게 붙인 속눈썹을 깜빡이며

그녀가 말했다

그녀에게 나와 책은 한 묶음이었다

짐을 꾸렸다

다이어리와 펜과 작은 서류들을

꾸역꾸역 가방에 넣었다

책들이 깊이 울었다

나는 책의 등을 가만히 쓸어 주었다

창밖으로 길게 겨울 해가 넘어가고 있었다

어색하게 웃는 그녀를 지우며 이층 계단을 내려올 때

젖은 책들이 따라 내려왔다

찬 바람이 코트 속으로 파고들었다

느티나무 가로수 길을 걸어올 때

나는 조금 더 늙어 있었다

엔진 소리

아파트 주차장
택배 트럭에서 튀어나온 사내가
어깨에 무거운 상자를 올리고
다른 한 손으로 통화 중이다
사내는 얼굴이 일그러지며 소리를 지른다
"학교에 안 가겠다고? 그래 맘대로 해!"
가을 햇빛 아래 목소리가 쨍쨍하다
사내의 목소리가 높아지고
간간이 욕을 하는 소리가 들린다
전화기를 든 아이와 아빠 사이 파도가 친다
바다 이쪽에서 몰아대는 물살에
수화기 저쪽 아이도 아프다
무심히 흘려들은 사내의 통화
세상 모든 아비의 어깨들은 조금씩 소멸되는 중이다
한참을 돌아서 걷는 사이
스쳐가는 사내의 젖은 얼굴을 보았다
마른 나무처럼 흔들거리는 몸
트럭이 떠난 뒤에도

엔진 소리는 오래도록 남아 있었다

폭설을 꿈꾸는 밤

밤새 눈이 내려
온 도시를 덮고
한 이틀 눈에 갇혀 나오지 못한다 해도
출근하지 못하는 남편과 마주앉아 라면을 먹으며
볼이 붉은 내 아이들과
눈세상을 맞아도 좋을 것이다

치렁치렁 쌓인 눈을 이기지 못해
턱턱 나뭇가지 부러지는 소리를 들으며
길을 잃어버린 세상을 꿈꾸어도 좋은 밤

무릎까지 쌓인 눈을 헤치며 걸었던
청춘의 그 밤처럼
부드러운 발자국 소리
달빛에 반사되던 무결점의 설야

일월의 차가운 바람들만 즐비한 도시에서
마른 발바닥 세우며

나타샤는 엄두도 못 내는

폭설을

폭설을 기대하는

즐거운 나의 집

눈 내린 길을 걷는다
골목들은 하얀 나뭇가지처럼 뻗어 있다
어둠 속에서도 길들은 빛나지
내 몸을 꽉 채운 뜨거운 눈물들은
이미 얼음이 되었어
걸을 때마다 서걱거리지

이 길들은 어디선가 본 기억이 있어
오래전 마주했던 어떤 캄캄함
나는 변한 게 없어
무심한 듯 밥을 먹고 길을 걷고
잠을 잘 뿐이야
너무 쉬운 말들을 흩날리면서

돌아가야 할 나의 집
멀리 온 것이 분명해
나뭇가지가 뚝뚝 부러지는 소리가 들려
당신은 잘 지낼까

흐려지는 기억을 되살리는 건
슬픔뿐이군

젖은 휴지 조각들이
공처럼 단단해지는 주머니 속에 손을 넣는다
차가운 손가락들이
돌아온 길들을 더듬어간다

집

천장이 없다
바닥이 없다
까치발 딛고 걷던 바닥이
누구에겐 신경의 촉수를 세운 천장이 되는 곳
망치로 못을 박던 울림을 서로 나누어 갖던
이 벽과 저 벽 사이
컴컴한 발자국과 흐르는 물소리로 시간을 나누던
공간 속에서
공중 속에서
가구만 둥둥 떠다니는 집

풍선처럼 부풀어가는 집

비대해진 집들은
비싼 값에 팔려나갔지
이십일세기 샤일록들이
부드러운 목소리로 거래를 하는 동안
엘리베이터에서는 딱딱한 거울이 자라고

네모난 집들은 계속 분해되어
새로운 집을 만든다

재생되는 먼지와 시간들
시간은 더 이상 공유되지 않는다

빗소리

버스를 기다린다
어둡고 긴 옷을 입은 사람들이
모두 한곳을 바라보는 시간
기다리는 버스는 오지 않고
저녁에 내리는 비는 피로하다
물살을 헤치며 흘러오는 저 버스는
이미 물고기처럼 유연하다
무심히 차창 밖을 쳐다보는 사람들
물고기의 눈을 닮았다
축축한 몸들을 가득 싣고 버스는
더 낮은 곳으로 흘러간다

아스팔트 위로 몇 겹의 포물선들이 만들어지고
이내 지워진다
정류장 화면 가득
튀어나오지 못한 버스들이 쿨럭거렸다

비는 계속 내리고

발목까지 젖는다
젖은 신발은 두렵지 않아

돌아가거나
떠나거나
빗소리는 진행 중이다

소문

사각형 수조
어린 구피들이 사라져갔다
어떤 이는
어미 구피가 배가 고파 잡아먹었을 거라 했고
어떤 이는 크고 강한 입을 가진 늙은
금붕어의 소행일 것이라 했다
나는 청소부 비파에 대해 강한 의심을 품기 시작했다
온종일 돌 위에 찰싹 붙어 있던 비파는
가끔씩 유리 뒤에 달라붙어 나를 살피곤 했다
어린 구피는 찾을 수 없고
소리 없이 흔들리는 수초 사이를
유유히 헤엄쳐가는 금붕어의 비늘이 반짝거릴 뿐
비파와 나는
오늘도 눈이 마주쳤다

소리쳐

낡은 방충망에 붙어 치열하게 울어댄다
아이가 손가락으로 매미의 길쭉한 배를 튕겨 날린다

베란다 맞은편에선 포클레인의 돌 깨는 소리가 악
착스럽다
―당신의 품격을 위한 아파트를 지어드립니다
품격을 위한 수백억의 소음이 거실로 쳐들어 온다
누군가의 행복을 위해 누군가는 귀를 틀어막아야
하는 세상
문을 닫고 에어컨을 돌리며 소음에 동참한다

낮밤이 바뀐 매미는 방충망에 붙어 새벽까지 짝을
찾는다
고요는 하늘에 있고
매미의 숱한 날갯짓이 분노로 바뀐 순간
가로막힌 유리창 너머
무례한 기계음들에 숱한 욕설을 날리며
여름에 헛발질을 날린다

식탁에서 밥을 먹는 법

소리를 내면 안 됩니다
우물우물 씹으세요
입안이 보이는 것은 실례입니다
젓가락질이 형편없군요

팔은 올리지 마세요
노래도 부르지 마시구요
반찬은 뒤적이지 마시고
밥그릇은 깨끗하게 비워 주세요
음식을 남기는 일은 빈자에 대한 예의가 아닙니다

밥이 밥을 먹는 저녁
절대적 규칙들이 반찬으로 쏟아진다
귀로 들어간 것들이 신경을 타고 경직되어 간다
딱딱한 밥알들이
솟구쳐 오른다

말의 성찬이다

말이 말을 먹는 식탁에서 캄캄한 얼굴들이

조용하게 밥을 먹는다

딱

딱

딱

수저질 소리만 공허하다

코끼리를 보았다

고끝에
두 줄의 수액제를 꽂은 그녀가
나를 바라본다
깊은 눈이다
평생 썼던 말들을 모두 눈에 넣었다
까맣게 타 들어간 입술은
건기에 물을 찾는 짐승처럼 말라 있다

어린 날
캄캄한 피아노 앞에서 찬송가를 치던
그 흔들거리던 어깨
그리고 그녀의 하나님
큰 나무 뒤에서
그림자로 남아 있었지

어느 해 추운 겨울
차가운 버스 정류장에서
어린 내 손에 쥐어 준 삼천 원의

따스했던 온기가
대학병원 문을 나서는 나에게
폭염보다 더 뜨겁게 올라온다

하안동을 기억한다면

느티나무들은 모두 안녕해
언제나처럼
젊은 여인들은
유모차에 가득 꽃들을 싣고 지나가곤 했다

내가 걸었던 길들은
아이가 걷는 길로 이어지고
거대한 집들은 모서리가 닳아가고 있었지

사각형 속에서 자라는 아이들의 꿈은
공중에서 물구나무를 서다가
학교 운동장에 빨래처럼 널렸어

껍질이 벗겨지던 중국단풍나무
키가 자라지 않는 회양목

겨울이 오기 전
안양천 뚝방으로 잎사귀를 털러 간

나무들은

아직 소식이 없다

쏘세지 부치는 저녁

마트를 다녀온 그의 검은 봉지 안에서

커다란 쏘세지가

비죽 얼굴을 내민다

쏘세지는 펄떡이며 손 위에서

거친 숨을 몰아쉰다

마치 쏘세지를 처음 먹었던

그때의 심장처럼

화려한 포장지 속 분홍색 살점들이

도마 위에서 둥글게 잘려 나간다

가난이 수초처럼 자라던 시절

쏘세지를 탐하던

어린 소년의 노란 얼굴이

휘휘 저은 계란 물 속에서 웃고 있다

잘 달구어진 프라이팬 위로

고소한 기억들이 올라온다

저녁이 붉은빛으로 돌아눕는다

3
부

자화상

밤길에 흔들리는

그림자

오른쪽으로

오른쪽으로

출렁거린다

단 한 번도

가지 못한

왼쪽의

그 길

사월, 그리고

섬처럼
누워만 있다
숱한 울음들을 차곡차곡 바닥에 깔고
너는 누워만 있다
얼굴을 보여줘
너의 푸른 얼굴을 보여줘
그리고 긴 이야기를 들려줘
가장 짧았던 기쁨들과
슬펐던 날들의 지루함을
가벼이 날았던 너의 몸들에 대한 이야기를

봄이 너무 빠르게 가고 있구나

서툰 몸들만 남아 있는 이곳에서
이젠
물이 되어버린
이야기를
나는 잊어버렸다

가을밤

물든다는 말
투명하다는 말

달이 물이 되고
물이 달이 되는

차가운 이마 위
저 은행나무처럼

꽃

타오른다는 것은
발화점을 넘어섰다는 것
당신과
내가
붉은 눈으로 바라본다는 것
수평을 털고
뜨겁게 올라가는 일
남은 생을 기약하며
온몸으로 부서져보는
일

겨울바다에

바다에 눈이 있지

알 수 없는

깊고 슬픈 눈

파도를 밀어내는

날카롭고

차가운 눈

모두가 지나간 자리

흰 눈으로 어루만져

자꾸만

발자국을 지우고

꽃 보러 갔다가

꽃 보러 갔다가
꽃에 밀려 내려왔네

비 온 뒤 적막한 산
습기는 불길하게 산길을 따라 흐르고
질척한 흙들이 신발 아래로 모여들었지
힘없이 미끄러지고 주저앉은 길
손목의 가는 실금을 따라
분홍물이 들었네
예감은 낯설지도 않아서 붉은 꽃처럼 울었네

대낮의 산자락 끝
문신처럼 새겨지던
푸른 멍
붉은
봄

분홍달

바람 불고
배롱나무꽃들 가려움에 부풀어집니다

몽글몽글 진분홍 꽃을 보아요
그녀의 립스틱처럼 도발하네요
태풍이 몰려와요
휘청거리는 나뭇가지를 붙잡아 줘요
펄펄 흩날리는 꽃
사랑 따위는 잊어버려요
당신의 머리 위에 화관처럼 빛나고 싶어요

꽃이 지는 저녁
앞서 걸어가는 사람 뒤로
배롱나무 한그루
마른 손을 흔들며 따라갑니다
휘청거리며 멀어집니다
가장 낮은 땅 위로
분홍달이 떠오릅니다

다시, 봄
—기형도에게

봄날 벚꽃잎 날리는 안양천변을
걸을 때마다
나는 가끔 그를 생각하곤 하였다
징검다리 위에 앉아 물결을 바라보노라면
하얗게 떠가는 꽃잎들이
흰 종이배처럼 서러웠다
고층 아파트 뒤쪽으로 저녁 해가 지고
천변의 안개는 여전하지만 쓸쓸하지 않다

오래된 정거장
밤길을 걷던 그의 노랫소리가 들려온다
적막은 묘지 어디쯤에 멈추어 있고
당신의 새로운 집은
소하동 어느 길가 나무처럼 쓸쓸하다
크고 네모난 딱딱한 집
뒤뜰에 은사시나무를 심을까요
바람에 흔들리는 잎사귀 소리가 좋을 것 같아요

청춘에 쳐들어왔던

당신의 이야기는 아직도 진행 중이고

난 오래오래 당신의 책을 만져 볼 겁니다

낡고 해진 종이들이 다시

푸른 종이로 올 때까지

사월, 독산역

독산역 플랫폼 안으로 벚꽃 잎이
월담을 한다
경적 소리에 화들짝 놀라
깔깔거리며 날린다
신발 밑창마다 찍어내는
꽃잎의 지문
비질하는
쓰레받기에 채워도 채워도
허공이 한 줌이다

산수유나무 아래

뿌리의 단단함을 기억하지

뜨거운 수액을 밀어올려 토해내는

저 꽃송이들

가지의 메마름에 익숙했던 날들

잠시 노랑에 기대어 있고 싶은

한 시절이 간다

꽃잎처럼 떨어지는 잠

꿈꾸어도 좋을 나른한

산수유 나무 아래

여름의 끝

칸나꽃처럼 온다
지루하고 무성했던 손을 흔들며
가라
너의 여름은 강건했느니
축축한 팔뚝들이
나무처럼 도열하는 숲을 지나
빛을 잃어가는
저 회화나무의 여린 잎들을 기억할지니
그림자들 긴 옷을 입고 돌아오는 시간
살진 개들이 길 위를 어슬렁거리고
마지막 꽃들이
붉게 타오를 준비를 한다

이사

목련 나무 위로
이삿짐을 실은 크레인이 오르고 있다
자잘한 생활들이 아슬아슬 소음을 낸다
저보다 높은 곳을 바라보는 나무
나무보다 더 높이 올라가는 오만한 손들
허공을 향해 내지르는 인부들의 목소리가
이삿짐 위에 한 겹 더 올라앉는다
오르고 내리는 크레인의 거친 호흡이
환한 꽃 속을 통과해 간다
순한 햇빛이 푸른 것을 좇는다

이팝꽃 필 적에

증평 미래병원
이팝꽃보다 더 하얀 얼굴로 누우신 어머니
꿈결인 듯 사십 년 전 아버지의 안부를 묻는다
하도의 아버지는 잘 계시냐
어머니, 밖에 이팝꽃이 피고 있어요
어머니는 물끄러미 허공을 바라보신다
자꾸 아득해져가는 두 눈
푸른 심줄이 강줄기처럼 보이는 하얀 손을 잡으니
푸석하고 사라질 것만 같다
멀고 먼 기억 속 어딘가에 살고 계시는 어머니
오고 가는 얼굴들이 낯설기만 하다
침대 난간을 꼭 잡은 손
무거운 그림자 하나 흔들거린다
병원 문밖으로 젖은 발자국 소리
가만가만 이팝나무 꽃잎 날리고

검은 잎사귀들

다 지나간 일들이야
검은 나무들의 이야기일 뿐

오래된 보도블럭 위에 끌리는 슬리퍼 소리
너를 부르기엔 이미
나의 목소리가 딱딱해져 버렸어

느티나무 아래서
노란 맥주를 마시다 보면
오래전 집을 나간 고양이 눈알이 생각나곤 했지

해 지고 어두워질 때마다
너희 집 창가에 내려지던 블라인드를 보며
한 줌 불빛을 손안 가득 모아 쥐던 밤

언젠가 걸어 보았던
낯설지 않은 이 길에서
밤마다 자라고 있을 집착들이여

캄캄한 나의 무릎들이여
힘없이 내려앉던
검은 잎사귀들이여

4
부

목련이 질 때

얼굴을 가렸지
두 손을 꽁꽁 묶었지
감염자에게 필요한 건 동선일 뿐
혐오와 비난이 파도 친다
당신과의 거리는
무한대로 길어지고
바이러스 창궐하는 이 도시엔
침묵이 꽃처럼 피어난다

비말, 비말…… 말이 아닌 말들이 공중을 날아다녀요
공포에 갇힌 이 도시를 탈출할까요
소독약이 뿌려지는 거리
목련 나무는 서둘러 꽃잎을 털어내고요
입을 지운 사람들은 자꾸 침을 삼킵니다
침을 삼키는 목젖이 보일까 봐
종종 뒷걸음질칩니다
떨어진 꽃잎 위로 찍히는 황색의 발자국들

낙인의 시절입니다

당신은

조금 더 쓸쓸해져야 할 일입니다

감기

감기라고 생각했다
오랜 시간
잦은 기침과 해열을 동반했던

어린이대공원 벚나무마다 걸린
꽃등을 보며 우리는
오래된 노래를 불렀지
말하지 않아도 시간은 흘렀고
중랑천 뚝방에서 날린
민들레 홀씨들은
어디론가 멀리 날아가 버렸다

쉽게 토해낸 말들이
가슴에 수갑을 채워
작은 움직임에도
턱턱 숨이 막혔다
동그란 얼굴들이 밥그릇 속에서 때론
찻잔 속에서 떠다니던 시절

공중전화박스에서 숨죽여 묻던
너의 이름

작은 손수건들이 꾹꾹
접혀지던 그해 겨울
감기라고 생각했던 나의 병명은
오진으로 판명되었다

그림자 도시

검은 연기가 하늘을 덮었다
노인들은 베란다에 나와 욕심껏 연기를 흡입했다
아무도 그들에게 말을 걸어주지 않았고
시간은 돈으로 계산되었다

빈자에게 지루한 삶이 계속되었다

하얀 뼈들이 나목처럼 서 있는 거리를 지나
아이들이 줄지어 학교에 갔다
상점의 유리문 안쪽에선
검은 눈들이 힐끔거렸다
비시시 한 무리의 그림자가 뒤를 따랐다
건조한 바람이 낮게 아스팔트를 핥고 지나갔다

오래된 노래를 들려줘

죽은 새에게 말을 건넸다

도시의 눈

거리에는
미처 떠나지 못한 눈들이
귀신처럼 떠돌고 있었다
밟힌 채 버려진 눈은
땅바닥에 엎드려 검게 변해갔다
어떤 눈들은
추위를 피해 문틈으로 들어가기도 했지만
곧 벽에 매달린 한 방울의 눈물로
흘러내리곤 했다
굳게 닫힌 모든 문들은
침울함으로
결빙되어 갔다
난간 위의 눈발들도 새처럼 날아가고
유서는
또 다른 눈이 되어
도시 곳곳에 내렸다

너에게

걷는다
길은 휘어져 보이지 않는다
어둠은 물처럼 풀어져 앞서간 길들을 지워 버렸다
쉽게 내 몸속으로 들어온 어둠
고양이의 푸른 눈빛을 기억하니
캄캄한 내 심장에선 시계 소리가 들려
성대가 갈라진 너의 노래 소리를 멈추어 줘
쉽게 슬퍼져 버리는 습관 따위
자주 외면하던 오래된 일기들은 무덤이 되었지
기우뚱거리는 나무
기우뚱거리는 길들은
더 이상 평평해지지 않아
다만 차오를 뿐
가끔씩 다른 길을 엿보는
너를
흩어져 가는 너를
지나가고 싶다

일요일

은혜가 넘쳐나는 세상이야
이백 미터마다 서 있는 십자가
거룩한 사랑은 너무 흔해서
옛것이 되어버렸지
시동을 켜면 흘러나오는 복음송에 가끔
착한 운전을 해
주일을 택한 우리에게
일요일은 없어
섬에 사는 우리들의 성지는 너무 크고 견고하지만
그분을 모시기엔 아직 더 높은 십자가가 필요해
오래전부터 우리를 보호해 온 우산 아래
은밀한 미소를 지으며 천국의 길을 거래하지
구원받은 자의 영혼을 구합니다
미혹한 자들의 육체를 팔겠습니다

선택받은 자
아침의 영광을 위하여
잔을 높이 들겠나이다

갇힌 사람

그는 격리되었다
선이 그어지고 출입은 금지되었다
이름 대신 번호로 호명되었다
무장을 한 흰옷의 경호원들이 도처에서 그를 감시
하였다
그가 남긴 음식과 쓰레기들은
철저하게 수거되고 소독되었다
사람들은 그를 피해 먼길을 돌아다녔다
아들은 아버지의 죽음을 보지 못하고
장례는 무기한 연기되었다
소리 없는 카메라들이 돌고
텔레비전은 공포를 독려하였다
누군가 이렇게 된 것은 모두 그의 책임이라고
단호하게 말했다
나는 무균자
당신은 감염자
치료받지 못한 슬픔들이
쓸쓸하게 자라나기 시작하였다

거리마다 버찌가 떨어져

붉게 짖이겨지는

계절이었다

기린 탐구 보고서

초지와 물을 차지하기 위해
기린이 싸우고 있다
자신의 영역에 침입한 기린에게
다가가는 늙은 기린
잠시 순한 눈망울을 껌뻑이더니
긴 목을 휘둘러 사정없이 가격한다
채찍이다
치고 또 치고
커다란 몸뚱이들이 엉켜붙는다
쓰러지고 일어서기를 반복하더니
어느 순간 젊은 기린의 엉덩이에
사나운 뿔이 꽂힌다
순간 큰 몸 하나가 하얀 먼지를 풀썩이며 쓰러진다

상처투성이의 몸
생존을 위한 한 판 승부가
늙은 기린의 승리로 끝났다
지킨다는 것

사수한다는 것
　때론 보이지 않는 힘을 끌어올려 맞서야 하는 것임
을 잘 알고 있다

　절뚝이며 걷는다
　무심한 눈망울은 감정을 숨기기에 안성맞춤이다
　초지는 숨을 죽이고
　모래바람 부는 쪽으로
　긴 그림자가 눕는다

　하늘이 붉다

눈
― 화장하는 여인

지하철, 거울로 얼굴을 반쯤 가린 여인이
화장을 한다
콤팩트의 두드림은 경쾌하다
길다란 펜을 꺼낸 그녀
눈 위에 갈매기 한 쌍을 날렵하게 그린다

바다가 그리운 걸까

반짝이는 마스카라로
쓰러진 속눈썹도
한 올 한 올 일으켜 세운다
허공을 향한
저 숨막히는 올림
민첩한 손들과 빨간 입술이
벌어진 가방 속에서 바쁘게 오고 간다
한순간, 모든 눈들을 무력화시키는 저 당당함
스마트폰을 보는 건지
그녀를 보는 건지

흘끔거리는 눈들이 날아다닌다
고개를 숙인 사람들 모두가 모른 체하는 사이
완벽하게 화장을 끝낸 그녀가
웃고 있고
나는 그녀를 보고 있다
지하철의 눈들이
아무 일 없다는 듯이 지나간다

심부름

사람을 찾아 드립니다
집 나간 사람을 찾아 드립니다
잘못된 사랑을 도와 드립니다
잘못된 결혼도 도와 드립니다
못 받은 돈은 받아 드릴께요
필요하다면
미행도 해 드립니다
이 모든 일에 충분한 대가를 지불한다면
완벽한 심부름이 끝난 뒤
당신의 신발에 입맞춤도 잊지 않겠습니다
물론, 비밀 보장은 필수입니다
난 무기를 많이 소유한 해결사니까요
이 도시에서 심부름은 그림자가 된 지 오래입니다
캄캄한 밤이 되길 기다려
은밀히 거래되고 있지요
호기심 많은 전단지들은
당신이 가끔 하늘을 보던 건널목 신호등 아래 붙이
겠습니다

어느 길가 바람에 펄럭이던 현수막들도
당신의 길목에 날리겠습니다

당신의 심부름을 기다리겠습니다

엘리베이터-19

손가락 관절로 11층을 눌렀다
어디선가 비닐장갑을 낀 손이 튀어나와 5층을 누른다
팔꿈치로 층수를 누른 소녀는 곧바로 핸드폰 속으로
잠입한다
아이가 자꾸 소독제로 손을 비벼대고
재활용품을 잔뜩 손에 든 아주머니는
구석으로 몸을 붙인다
불안한 눈들이 허공을 헤매고 있는 사이
스틱으로 13층을 누른 사람이 문을 향해 눈빛 레이
저를 발사한다
문이 닫힌 엘리베이터가 고속 질주를 한다
바이러스를 피해 고속 질주를 한다
숨도 쉬지 마세요
나에게 말을 걸지 말아요
바이러스 바이러스
심장이 터질 것 같아요
우리를 청정한 행성으로 인도해 주세요

문이 열리고 빠져나온 승객들이 빠른 속도로 달려
간다
　어디에도 없는 행성을 꿈꾸며
　회색의 긴 복도를 달려간다

티비가 자란다

고독한 사람들은 다 모이세요
배고픈 사람도 모이세요
이제 곧 먹방이 시작됩니다

전원을 켜자
채널마다 음식이 쏟아져 나온다
요리사들은 화려한 손놀림으로 음식을 만들고
카메라는 연신 환상적인 화면을 생산해준다
출연자들은 감탄스러운 혓바닥을 내민 채
엄지를 치켜세운다
순간 요리사는 거룩한 미소를 짓는다

당신도 따라해 보세요
당신도 따라해 보세요
복잡한 상상 따위는 필요치 않아요
채널을 돌릴까요
살찐 당신을 위한 다이어트 음식이 나오고 있군요

당신도 따라해 보세요

무기력한 식탁이 흐느적거린다
집집마다
티비가 자란다

흰 눈을 가진 아이들

한 아이가 핸드폰에 얼굴을 묻고 지나간다
한 아이가 핸드폰을 흔들며 지나간다
한 아이가 핸드폰을 머리에 쓰고 지나간다

맞은 편 아이가 우물거리며 다가온다
소리가 없는 문자들을 공중으로 날리고
빈 가방 가득 맛있는 어플들을 쏟아 붓는다
지문이 없어진 손가락들이 나뭇가지처럼
술렁거린다

전지가 필요해
블록처럼 쌓이는 사각의 프레임들

아직은
신선한 너의 두발을 위해
딱딱한 이를 길러야 해

길에서 자라고 있는

흰 눈을 가진
아이들

가방을 사세요

가방을 사세요

콜롬비아 악어가죽이에요

개체 수 조정해서 벗겨왔어요

리미티드 리얼입니다

가방을 치켜든 쇼호스트는 그녀의 하얀 손으로 연

신 가방을

쓰다듬는다

한쪽 화면으로는 '매진 임박'이라는 글자가 번쩍거

린다

기회를 놓칠세라

그녀는 다시 한번 호들갑을 떤다

여러분 망설이지 마세요

오늘 이 가죽은 통째로 벗겨서 봉제선이 없어요

꼬리의 느낌을 살렸어요

어서 수화기를 드세요

아, 그녀의 붉은 입술

가방을 사세요

가방을

저 수많은 악어가죽은 다 어떻게 온 것일까
콜롬비아 어느 강가
악어의 울음소리가 들려
태평양을 건너온
마르지 않은 껍데기
이국 땅
티비에서 외쳐대는 소리가 아프다

가방을 사세요
갓 잡은 신선한 가죽입니다

발

문

———————

시의 정직과 삶의 정직

황규관 시인

1

박영선 시인은 우리 동네에 사는 분이다. 오래 전에, 동네에서 함께 공부를 한 게 인연의 시작이었던 것 같다. 그리고 코로나가 우리를 덮치기 전에 또 다른 공부 모임으로 우리의 인연은 이어졌다. 공부라고 해서 무슨 거창한 목적과 의도를 가진 것은 아니고 시를 핑계로 동네 사람끼리 어울려 사는 일은, 그 강도나 밀도와는 상관없이, 우리 삶에 꼭 필요한 일이라는 개인적인 소신 같은 게 작용했을 뿐이다. 서울이라는 대도시 근처에서 사는 일은 서울에서 사는 것과 진배없지만 그렇다고 서울에 사는 것도 아니다. 서울은 단지 지리적인 의미만 갖는 것은 아니기 때문이다. 박영선 시인과 나는 고향도 가까운데, 그것

때문인지는 몰라도 서울이라는 상징 속에서 사는 일이 버겁다는 정서가 통하는 바도 있는 것 같다. 나는 그것을 대화를 통해서도 느낄 수 있었지만 이번 시집을 통해서 확인하기도 했다.

이른바 등단 절차를 거치지도 않은 박영선 시인의 시집을 내기로 한 이유도 (나는 시집을 묶은 편집자이기도 하기에) 밝힐 필요가 있는 것 같은데, 무슨 변명을 하자거나 방어 기제 때문은 아니다. 조금 오만한 말 같지만, 나는 그런 것에 신경 쓸 만큼 마음이 여리지 않다. 굳이 이유를 밝히려고 하는 것은 나름의 문학적 소신을 드러내는 것과 같을 뿐이다. 그리고 이런 발언은 박영선 시인의 시집을 축하해주는 마당에 작은 모닥불이 되리라 믿기 때문이기도 하다. 시집을 읽어보면 알겠지만, 시인의 감성과 마음이 (나와는 반대로) 참으로 여리다. 이 여림이 시의 목소리를 제약하는 측면이 있지만, 그것은 나중에 밝혀보기로 하고, 박영선 시인의 작품을 겸손하게도 하고 정직하게도 한다.

오늘날 인공지능에 대한 관심과 걱정이 최고조에 달해 있는데 나는 이런 날이 올 것이라는 나름의 합리적 예측이 오래전부터 있었다. 여기에서 그것을 되풀이하는 것은 시집의 발문이라는 성격에 맞지 않을 것이고, 괜한 군소리가 될 수도 있다. 하지만 한 가지 정도는 말할 필요가 있는데, 박영선 시인의 시집을 내기로 한 '결정'도 같은 맥락 위에 있기 때문이다. 오늘날 속속 출간되고 있는 시집들의 양상을 보면 정서의 군더더기가 많거나 시인이 어떤 자리에 안전하게 안착했다는 느낌을 자주 받는다. 이것이 일반적인 현상이라고 단언하는 것은 무리겠지만, 불필요한 포즈나 제스처가 제법 홍성거린다는 조금은 단호하게 말할 수 있다. 챗GPT인가 뭔가 하는 인공지능 프로그램이 발표되자 가장 먼저 언어를 다루는 사람들의 실존적 위기가 거론되었다. 과연 그럴 것이고, 막거나 피하지도 못할 것이다. 내게는 신봉하는 하나의 역설이 있는데, 현실적인 사태는 우리가 가진 관념의 논리대로 전개되지 않는다는 사실이 그것이다. 논리에는 역설(para-dox)이 끼어들 여지가 없다. 더 정확히 말하면 논리는 역설을 배제하면서 성립된다.

하지만 현실에는 엄청난 역설이 잠복해 있으며, 그것은 시시때때로 고개를 내밀어 현실의 방향을 바꾸어 놓거나 지체시키거나 때로는 역류하게도 한다. 물론 이런 현상들을 실제로 감각하기는 쉽지 않다. 그리고 논리는 이런저런 현실적 사태를 사후 해석하면서 마치 현실은 정연하다는 착각을 심어 주거나 또는 우리의 관념을 다시 딱딱하게 한다. 우리가 자주 목격하는 바지만, 내가 볼 때도 가장 논리적인 사람이 가장 쉽게 현실의 바다에 익사한다. 나중에는 자신이 무슨 말을 하는지도 모른 채 논리적 언어들을 쏟아내는 지경에 이르고 마는데, 이런 이들은 언제나 현실과 세계를 꾸짖는 장기를 가지고 있다. 왜냐면 현실의 사태가 자기 논리대로 펼쳐지지 않는 게 못마땅하기 때문이다. 이쯤 되고 보면 그것은 논리가 아니라 자기 욕망에 다름 아니다.

시라는 것은 무엇인가? 시가 언어로 만들어졌다고들 말하지만 그것은 피상적인 의견이다. 시는 언어로 만들어지는 것이 아니라 현실에 가려진 '깊은 데'를 드러내면서 언어를 새롭게 하 는 것이다. 이럴 때만이 다른 세계는 펼쳐진다. 물론 이 세계는 곧 소멸하거나 붕괴할 운명도 가지고 있다. 하지만 시는 이 운명마저 짊어진 채 그 '깊은 데'로 따라 들어간다. 어쩌면 현실과 현실에 가려진 '깊은 데'를 동시에 사는 운명이 시에게 주어져 있는지도 모르겠다. 그런데 이 '동시에-살기'가 만만한 일이 아니다. 만만치 않은 일에 마주치게 되면 인간은 언제나 꾀를 부리게 되고, 그간의 성과들을 그러모아 현실의 만만치 않음을 회피하거나 제법 잘 감당하고 있는 것처럼 위장을 한다. 이것이 굳어지면 포즈가 되고 국면마다 적절히 활용하는 꾀를 잘 부리면 그것이 제스처가 된다.

그런데 이런 포즈와 제스처로서의 언어는 그 바닥을 너무도 쉽게 드러내게 마련이다. 아직도 그것을 들키지 않았다면 포즈와 제스처의 문화 속에서 '살 길'을 확보했다는 뜻도 된다. 거기에도 무수한 '살 길'이 있을 것이다. 당연히 그 '살 길'은 '살아 있는 길'이 아니라 그냥 '연명하는 길'이며 '연명'이 삶이 아닌 것은 누구나 아는 상식이다. 내가 앞에서 말한 역설이 여기에서 고개를 번쩍 들 것으로 짐작되는데, 앞으로 인공지능이 그런 '연명하는 길'을 재빠르게 대체할 가능성이 크다. 단순한 직감이나 괜한 심통이 아니라 인공지능이 필요로 하는 빅데이터는 수많은 '연명하는 길'의 다른 이름이기 때문이다. 언어는 우리가 의사소통하는 수단에 국한되지 않는다. 그것은 아주 작은 언어의 부분만을 가리킨다. 의사소통이라는 일각 아래 거대한 빙산이 있는데, 이 빙산의 아래로 내려갈수록 차갑지만 청명한 세계가 존재한다. 거기에 우글거리는 언어가 일각으로 올라와 정보가 되고 수단이 될 때, 즉 유용한 물건이 될 때 시는 끝까지 그런 속된 명제에 맞선다.

포즈와 제스처의 문화 속에 들끓는 '살 길'에 편입하지 않으려는 태도 중 가장 좋은 것은 예나 지금이나 '정직'뿐이다. 정직하다는 것은, 거짓말을 안 하는 바른 생활을 가리키는 게 아님은 물론이다. 그것은 자기 안에 있는 언어와 밖으로 드러난 언어가 다르지 않다는 것을 의미한다. 그리고 이런 상태가 우리에게 기본적으로 강조되는 시인의 마음일 것이다. 과함과 부족함은 언제나 상대적인 문제이다. 손저울에 쌀가마니를 올리면 그것은 과한 것이지만 쌀저울에 쌀가마니를 올리는 것은 적절한 일이다. 물론 시의 세계에서는 다시 저울 자체가 문제 되고는 하고 당연히 그래야만 한다. 그러나 어떤 경우에도 정직은 포기가 불가능한 기초적인 것에 해당하는데, 모든 저울이 눈금을 통해 그 무게를 드러내듯 여기서 정직은 눈금에 해당된다고 할 수 있다. 이게 박영선 시인의 시집이 나오게 된 보이지 않는 배경이고 박영선 시의 '좋은 점'이다.

2

박영선 시인의 장점을 결국 '정직'이라고 나는 꼽은 셈인데, 이런 평가는 우리가 통상적으로 사용하는 시에 대한 비평 언어에 미치지 못하는 것처럼 보인다. 우리가 시를 읽고 받게 되는 감동에는 여러 가지가 있는데 그중 하나가 미학적 성취 운운이다. 하지만 이 '미학적 성취'가 일종의 클리셰인 것은 아름다움에 대한 각자의 척도가 다르기 때문이기도 하지만 무엇보다도 추상적인 아름다움을 추구하는 게 시의 본질인지 문제가 제기되기 때문이다. 물론 시가 언어로 구성되기 때문에 아름다움이라는 덕목은 회피할 수 없지만, 조형 미술이나 회화 등과 같은 시각적 아름다움과는 전혀 다른 것이 시에 구비되어 있어야 하고, 여기서 정직은 독자에게 근원적인 감동을 주는 기본 요소가 된다. 사실 정직이 시에게만 필요한 것은 아니다. 오늘날 외형적인 아름다움, 즉 매력과 황홀을 선사해주는 것은 너무도 많다. 하지만 그 매력과 황홀이 시간이 지나면 곧바로 잊히는 것은 사물(예술작품도 사물성을 갖는다!)의 본질, 또는 사물이 품은 시간이나 역사에서 유래하는 것이 아니라 사물이 인위적으로 제작되었기 때문이다. 이런 현상은 우리가 생활 속에서 허다하게 경험하는 바이기도 하다. 따라서 정직이라는 것은, 시에 국한해서 말한다면, 인위적인 제작과는 반대되는 것이기에 시인의 삶과 내면을 꾸밈없이 표현해낼 수 있는 덕목이라 단언할 수 있다. 혹자는 시도 언어를 인위적으로 배치, 조합하는 것이기에 제작의 측면이 있다고 말할 수 있지만, 이는 그 자신이 가진 시에 대한 '병든' 입장을 피력하는 것일 뿐 숙고할 가치는 없다. 시의 언어는 배치, 조합하는 것이 아니라 시인의 삶과 내면에서 솟구치는 것이다. 다만 그 과정에서 시인의 지성이 참여하는 것일 뿐이다.

　　나에겐 두 개의 심장이 있어요
　　생각을 할 때마다 심장은 각각 다르게 뛰지요

필요에 따라 급하게 뛰었다가

얼굴을 붉히기도 하고

움츠러들었다가 다시 부풀어지기도 하지만

태연한 듯 표정을 잘도 바꾸지요

두 개의 심장을 가진 하나의 얼굴은 묵묵합니다

입에서 나간 말들은 보이지도 않아서

허공을 헤매다 긴 그림자가 되어

내 뒤를 따라다닙니다

습관이 되어버린 관계처럼

깃털 같은 문자들처럼

길어지는 손가락처럼

필요한 심장을 찾아다닙니다

아무것도 아닌 것이

아무것이 되어버리는 이곳을

나는

너무 잘 알고 있으니까요

—「거짓말」전문

　　이 시는 화자의 자기 고백의 성격을 갖지만 제목처럼
거짓말의 실례가 제시되지는 않는다.　시에서 고해는 종
교적인 제식과는 다른 것이기도 하지만, 비록 구체적인
과오를 토로하는 형식을 취한다고 하더라도 그것이 도덕

규범에게 고해하는 게 아니다. 물론 신을 향하는 것도 아니다. 고해가 시가 되려면 그것은 오직 자신의 실존에게 고해를 할 때뿐이다. 화자는 "생각을 할 때마다 심장은 각각 다르게 뛰"는 "거짓말"이 되먹임되어 자신의 삶을 구성하고 있다고 성찰하는 와중에도 그것이 오직 자신의 선택 때문이라고는 생각하지 않는다. 왜냐면 지금 화자가 사는 현실 자체가 "아무것도 아닌 것이/ 아무것이 되어버리는" 세상이기 때문이다. 그리고 그것을 시의 화자는 "너무 잘 알고" 있다. 그렇다면 이 시는 시인 자신의 합리화나 자기변호에 치중하고 있는가? 당연히 그렇지 않다. "아무것도 아닌 것이/ 아무것이 되어버리는" 세상이 강제하는 분열을 자신도 앓고 있다고 작품의 모두에서부터 직시하고 있기 때문에 정직의 구체적인 사례로 꼽는데 아무 무리가 없다. 문제는 시인의 정직이 독자의 마음을 어떻게 움직일 수 있는가일 텐데, 모든 것이 세상 탓이라고 하는 순간 정직은 그냥 너절한 원망으로 치닫고 만다. 내가 말하는 정직은 원망이라는 수렁에 빠지지 않는 것이다. "나는/ 너무 잘 알고" 있다는 결구는 결국 자신의 "거짓말"이 어디에서 연원하고 있는지 알고 있다는 의미이고 그것을 안다면 더 이상 거짓말은 거짓말이 아니게 된다. 이렇게 정직은 시인 자신을 구원하고 작품을 읽는 독자들도 구원한다. 정직이 갖는 가장 큰 힘은, 자질구레

한 치장 또는 허위의 언어를 단박에 걷어내는 데에 있다.

하지만 정직에도 함정은 있다. 정직이기에 함정이 있다는 뜻이 아니라 우리가 기대 살고 있는 어떤 미덕이든 이념이든, 또는 세계관이든 간에 그것들이 순간 허물어져 버리는 순간은 존재한다는 의미에서 그렇다. 따라서 지금 기대고 있는 '무엇'에 대해서도 우리는 자주 돌아봐야 하는데 이것은 불신도 회의도 아니고, 무슨 '방법적 성찰' 같은 의식적인 기획도 아니다. 무엇보다도 자신의 삶을 위해서인데, 자신의 삶이 발을 딛고 사는 자리가 확보되어야만 우리는 더 나아갈 수 있거나 날아오를 수 있다. 발아래 세상을 깊이 인식하기 위해서도 이것은 필요 불가결한 삶의 태도에 해당된다. 그러면 박영선 시인에게 나타나는 정직의 함정에는 어떤 게 있을까? 글쎄, 이것을 함정이라고까지 부를 수 있는지는 모르겠지만, 아무튼 자신의 감정과 인식에 대해 더 묻지 않고 손을 놓아버리는 지점이 있기는 있다.

어쩌면 이는 정직의 문제가 아니라 삶에 대한 주저나 슬픔의 정서 문제일지도 모르겠다. 아니면 시를 지을 때, 주로 심리적인 물러섬 상태여서일 수도 있지만, 읽는 입장에서 보자면 그것까지 어림짐작하거나 접어줄 필요는 없을 것 같다. 시를 짓는 순간에 시인은 자신에게 자신을 걸고, 또 독자 앞에서 섰을 때는 그에 합당한 다른 것을 걸어야 한다. 이것은 대화의 한 양식이며, 간단히 말하면 시를 짓는 순간은 나와 나의 대화다. 여기서 현재의 '나'는 그동안 가졌던 거대한 만남과 관계 속에 형성된 '나'이고 대화를 하고 있는 또다른 '나'는 아직 도래하지 않은 미래의 '나'이다. 작품이 독자를 만나는 것도 결국 대화의 소용돌이 속으로 걸어 들어가는 행위이며, 이 대화 속에서 독자도 과거를 품은 현재의 '나'와 미래의 '나'로, 마치 세포 분열하듯 쪼개진다. 정확하게는 과거를 품은 채 미래를 꽃 피운다.

　　소리 없이 떨어지는 잎들은

　　가을을 모른다

　　바람이 부는 대로 거리 위를 뒹굴든

　　쓸려가 마대자루에 담기든

　　그렇게 떨어지는 일이다

　　생각도 때론 욕심과도 같아서

　　더 먼 곳을 바라보지만

　　결국엔 하나로 흘러가 사라진다

　　오래 가졌던 믿음들이 퇴색해지고

　　전의를 잃어버린 말들이 떠나버린 저녁

　　외투는 낡고 찬별이 뜨지만

오늘 떨어지는 잎들은

더 이상 슬프지 않다

주저앉은 잎들이 입을 다물고

먼 곳에서 소식을 듣는다

쉼 없던

한 시절이 간다

                  —「마른 잎 지는 저녁에」 전문

    우리는 이 작품에서 시의 화자가 보여주는 '상실의 감정'을 충분히 느낄 수 있다. 이뿐만이 아니라, 「10월」, 「길 위에서」, 「능소화」, 「조문」 등 주로 1부에 실린 적잖은 작품들에서도 동일한 느낌을 얻을 수 있다. 조금 더 밝은 이미지를 가지고 있는 3부의 작품들에서도, 어쩐지 어쩌지 못하는 삶의 시간에 대한 무상함이 언어에 새겨져 있음을 확인할 수 있다. 그래서 전반적으로 우울한 정조가 시집을 뒤덮고 있다는 느낌을 솔직하게 말할 수 있다. 앞에서 읽은 「거짓말」 또한 그렇다. 위의 작품에서는 "외투는 낡고 찬별이 뜨지만/ 오늘 떨어지는 잎들은/ 더 이상 슬프지 않다"고 말하고 있는데 우울한 정조라고? 이렇게 물을 여지가 없는 것은 아니나 마지막의 "쉼 없던/ 한 시절이 간다"는 "더 이상 슬프지 않다"를 일종의 반어 또는 역설로 만들어 버린다. 아니, 그것을 떠나서 작품 전체가 '상실의 감정'에서 출발했음을 명백하게 전해주기 때문에 특정 구절이 작품 자체를 위장하지 못한다. 이것은 시의 아이러니가 아니라 시가 갖는 진실을 가리킨다.

그런데 자세히 읽어보면, 박영선 시인의 이 시집에는 어떤 절제의 현장들이 많다. 이 현장들도 시인의 정직이 만들어낸 것이다. 일반적으로 우리는 곧이곧대로 말하고 표현하는 것을 '정직'이라고 부르지만, 시에서 정직은 사물과 사건에 대한 시인의 태도에서 드러나지 진술의 표면이 모든 것을 말해주는 것은 아니다. 다시 말하면, 명료한 인식에서만 정직이 드러나는 것이 아니라 알면 아는 대로 모르면 모르는대로 사물과 사건을 대할 때 정직이라는 미덕이 펼쳐지는 것이다. 「마른 잎 지는 저녁에」에서 '상실의 감정'과 '정직'을 동시에 느끼는 것은, "더 먼 곳을 바라보지만/ 결국엔 하나로 흘러가 사라"지는 삶의 시간에 대한 과장이나 허위를 멀리하기 때문이다. "더 먼 곳을 바라보지만" 그 "먼 곳"마저 흘러가는 시간에 의해 위태롭다는 생각의 노출은 정직이라는 말로밖에 설명이 안 된다.

「자화상」이라는 짧은 작품에서도 마찬가지다. 이 시에서 화자는 "밤길"에 자신이 흔들리고 있으며, 자신에게는 "단 한 번도// 가지 못한// 왼쪽의// 그 길"이 있다는 것이다. 여기서 '왼쪽 길'을 굳이 정치적으로 해석할 필요는 없다. 아니, 그렇게 해석한대도 시인의 '정직'이 훼손되지는 않는다. 도리어 「거짓말」에서처럼 자신에게는 "두 개의 심장"이 있음을 고백하고 있거니와 자신의 자아를 치장하지 않음을 우리는 느낄 수 있다.

3

여기까지만 말하면, 시는 결국 정직하면 그만이라는 오해를 불러일으키기 쉬울 것이다. 앞에서, 시에서 정직이 얼마나 훌륭한 덕목인가를 말하기는 했지만, 정직이 시의 깊이를 어떻게 확보하는지는 아직 말하지 않았다. 이런 주장은 결국 작품을 통해서만 말해질 수 있기 때문이다. 물론 '깊이'라는 것은 계량적인 수치로 밝혀지는 게 아니고 오로지 읽는 이를 이끄는 정동의 물결이 무엇인지에 의해서 판가름 나기 마련인데, 결국 시의 깊이는 주관적이고 상대적인 것 아니겠느냐는 허무의 언어가 번식하는 지점이 바로 여기에 숨어 있다. 하지만, 감히 말하거니와, 비평은 번식하는 허무의 언어와 맞서면서 시작되거나 또는 그러는 과정 속에서 자기 역할을 부여받는다. 비평이 시의 깊이를 판명해주는 판관이라는 뜻이 아니라, 비평이 작품으로부터 독립해서 자기만의 독자적인 길을 밟는다는 의미이다. 다시 말하면 비평은 작품에 대한 입장이 무엇이든 '깊이'에 대한 나름의 근거를 가지고 자신을 펼치면서 비평 스스로를 작품화하는 것이며, 비평의 이런 작품화는 시 작품과 비평 작품이 공진화하는 데 중요한 이행 중 하나다. 그리고 시 작품과 비평 작품의 공진화는 다시 시와 비평에 되먹임되어 시대와 역사의 정신과 문화의 깊이에 참여하게 된다.

바다에 눈이 있지

알 수 없는

깊고 슬픈 눈

파도를 밀어내는

날카롭고

차가운 눈

모두가 지나간 자리

흰 눈으로 어루만져

자꾸만

발자국을 지우고

　　　　　　　　　　　　　　　　—「겨울 바다에」 전문

　"바다에 눈이 있지"라는 진술부터가 예사롭지 않은데,
그것은 3연에서 그 눈이 "깊고 슬픈 눈"이라고 말하고 있
기 때문이 아니라 바다 전체가 하나의 눈이라는 느낌으
로 다가오기 때문이다. 그런데 바다가 하나의 눈이라는
이미지에서 느낄 수 있는 것은 그 신선함도 신선함이지
만 "깊고 슬픈 눈"이면서도 "날카롭고// 차가운 눈"이라
는 시인의 '깊은 눈'이다. 시인은 바다의 "날카롭고// 차
가운 눈"이 "파도를 밀어"낸다는 '사실'에서 멈추지 않고
다시 한번 '바다의 눈'이 갖는 의미를 뒤집는데 그것은
"모두가 지나간 자리"를 "흰 눈으로 어루만"진다는 것이
다. 그 '어루만짐'을 통해서 "자꾸만// 발자국을 지우"는
것까지가 '바다의 눈'이 하는 일이다. 즉 '바다의 눈'은 날
카롭고 차가우면서 동시에 '어루만짐'을 통해 우리의 삶
을 어떤 시원으로 되돌려놓는 힘을 가지고 있다. 그래서

깊고 슬프다. 여기에서도 박영선 시인이 가진 삶의 원초적 슬픔이 드러난다. 그럼에도 불구하고 끝내 허무로 곤두박질치지는 않는다. 이는 명시적으로 드러나지는 않지만 마지막 결구인 "자꾸만// 발자국을 지우고" 이후에 다 말하지 못한 무엇인가가 웅크리고 있기 때문이다. 물론 "자꾸만// 발자국을 지우고"에만 집중하다 보면 결국 이 시는 '바다의 눈'을 통해서 "자꾸만" 지워지는 삶을 노래한다고 말할 수 있을 것이다. 하지만 우리는 이 결구가 작품의 결론이 아니라 작품 전체를 구성하는 부분임을 알아야 한다. 그럼에도 만일 어떤 허무가 읽힌다면, 그것은 바다가 가지고 있는 눈이 깊고 슬프면서 동시에 날카롭고 차갑다는 앞쪽의 진술들, 그리고 또 "모두가 지나간 자리"를 "흰 눈으로 어루만져" 준다는 시인의 통찰을 무화시키고 만다. 그러나 '어루만짐'은 어떤 치유이며 해방이지 우리의 "발자국"을 무의미로 돌려놓는 것이 아니다.

이런 느낌을 보증해주는 간접 증거로 나는 이 작품의 뒤에 실린 「분홍달」을 들겠는데, 「분홍달」에서는 다음과 같이 말하고 있다.

꽃이 지는 저녁
앞서 걸어가는 사람 뒤로
배롱나무 한그루

마른 손을 흔들며 따라갑니다

휘청거리며 멀어집니다

가장 낮은 땅 위로

분홍달이 떠오릅니다

—「분홍달」부분

　"꽃이 지는 저녁"이건만 "앞서 걸어가는 사람 뒤로/ 배
롱나무 한그루/ 마른 손을 흔들며 따라"가는데 그것도
"휘청거리며" 따라간다. 그리고 그 위로 "분홍달이 떠오"
른다. 즉 그러니까 시인의 삶은 "꽃이 지는" "가장 낮은
땅"에 위치해 있더라도 "분홍달"은 떠오르더라는 말이다.
하지만 무언가 아슬아슬한 느낌을 아울러 주는 것도 사
실이나 허무나 무의미로 뒷걸음질치는 것은 아니다. 그
래서 "깊고 슬픈 눈"(「겨울 바다에」)인 것이다. '깊이'는 결코
추상적이거나 관념적인 것이 아니다. '깊이'는 삶의 복잡
하고 모순적인 맥락이 엉켜서 만들어지는데, 결국 '깊이'
는 복잡함과 모순 때문에 분열이나 허무로 물러나지 않
아야 가능한 어떤 경지가 되는 것이니, 과연 '깊이'에 이
르는 길은 위험한 길이기도 하다. 오늘날 그 위험을 모면
해보고자 사태를 단순화하고 평면화하는 문화가 대체적
인 흐름을 이루고 있지만, 바다가 고요한 수면을 이루고
있을 때조차도 바다의 심층에는 이루 헤아릴 수 없는 물

줄기가 고여 있으며 바다가 일어난 태풍은, 그것을 다시 강이나 계곡에 되돌려주는 일이다.

4

다소 아쉬운 감이 없지 않지만, 2부와 4부에 실린 작품들은 박영선 시인이 가진 깊이가 생활현실에 뿌려 주는 빗줄기에 해당된다. 내가 아쉽다고 하는 것은 그 깊이가 태풍으로 나타나기에는 미치지 못한 건가, 하는 점에서다. 나는 여기에서도 시인의 소박한 정직을 만나는데, 예를 들면 「다림질」, 「엔진 소리」, 「즐거운 나의 집」 등에서는 시인 자신의 깊이가 무엇이 되었든 아무런 과장 없이 말하고 있기 때문이다. 그것은 담백한 감정의 진술에 의해 드러나는바, 예를 들면 다음과 같다.

누르고 지나간 자리마다

반듯하게 평등해진다

마치 누군가의 압력에

이렇게 굴복한다는 듯이

일제히 엎드린 소란들

뿌연 물방울의 작은 입자들이

스며들지 못하고 기웃거리다

더운 입김이 되어 공중으로 사라진다

─「다림질」 부분

한참을 돌아서 걷는 사이

스쳐가는 사내의 젖은 얼굴을 보았다

마른 나무처럼 흔들거리는 몸

트럭이 떠난 뒤에도

엔진소리는 오래도록 남아 있었다

─「엔진 소리」 부분

　인용한 작품들에서도 앞에서 말한 어떤 상실의 파토스는 나타난다. 「다림질」에서 "스며들지 못하고 기웃거리다/ 더운 입김이 되어 공중으로 사라진다"라거나 「엔진 소리」에서 "한참을 돌아서 걷는 사이/ 스쳐가는 사내의 젖은 얼굴을 보았다"에서 그렇다. 기실 이러한 진술들은 우리가 생활 속에서 언제나 마주치는 모습들이기도 하고 우리 자신의 얼굴이기도 하다. 하지만 시인에게 발견되고, 발견된 것이 언어로 표현되는 과정은 단순한 '옮겨 적기'와는 다르다. 아니, '옮겨 적기' 자체가 시인의 깊이에 의해서 수행되고 있다는 게 진실에 가깝다. 이렇듯 시는 시인에게 정직을 요구하며, 시가 우리 삶에서 발생하는

한, 삶도 시에게 정직을 요구한다. 그리고 삶을 시로 옮겨 적는 과정은 시를 삶에 새기는 일과도 같다. 다시 말하면, 시 짓기는 미학적인 언어 건축물을 올리는 것이 아니라 삶과 시의 대화 양식이며, 싦은 시가 되어야 하고 시는 삶이 되어야 하는 원리가 여기에 숨겨져 있다. 이것에 동의하는 이들을 나는 '도반'이라 생각한다. 도반이 없다면, 시의 길은 고독이 아니라 위험에 빠질 수 있다!

삶창시선